www.ingramcontent.com/pod-product-compliance
Lightning Source LLC
Chambersburg PA
CBHW071504150726
48000CB00006B/2688

حركات الإسلام السياسي في الجزائر
رهانات المشاركة السياسية وواقعها

د. أحمد محمد الأمين انداري

ورقة سياسة (15)

أكتوبر 2022

Order No.: MC-02-01- 992097

ISBN: 978-9948-811-96-1

المحتويات

ملخص تنفيذي

- سمحت حالة الضعف التي لحقت بالنظام الجزائري في نهاية ثمانينيات القرن الماضي للإسلام السياسي ممثلاً في الجبهة الإسلامية للإنقاذ، بالظهور واكتساح الساحة السياسية، ما قاد إلى الصدام بينه وبين الجيش.

- تسمية حركات الإسلام السياسي في الجزائر تطلق على مزيج متنوع من الحركات ذات المشارب الدينية المختلفة، التي لها مطامح سياسية ذات بعد ديني، وهي حركات متشعبة بين مدارس وتيارات فكرية مختلفة.

- على الرغم من التباين الحاصل بين تلك الحركات في الاستراتيجيات والوسائل، فإنها تمتلك مجموعة من رهانات المشاركة السياسية ذاتها، أهمها محاولة الوصول إلى السلطة وتحقيق المصالحة مع الدولة والمجتمع.

- يعود السبب في مركزية فكرة الوصول إلى السلطة ضمن النسق الفكري لتلك الحركات إلى كونها تعدُّ أن "الإصلاح المجتمعي" الذي تطمح إلى القيام به سيظل متعذراً ما لم يتم فرضه من أعلى.

- تشير مسيرة حركات الإسلام السياسي خلال السنوات الماضية، إلى أنها ما زالت بعيدة كل البُعد عن تحقيق رهانات المشاركة السياسية التي تسعى إلى تحقيقها.

- على الرغم من تراجع قوة حركات الإسلام السياسي في الجزائر فإنه لا يمكن القول إن صفحة هذه الحركات قد طويت، فالخبرة التاريخية تشير إلى أنها قادرة دائماً على البروز من تحت ركام الأنقاض والعودة إلى المشهد السياسي من جديد.

مقدمة

ظلت الحياة السياسية في الجزائر مؤطرة بشكل كامل تقريباً ومهيمَناً عليها من قِبل حزب جبهة التحرير الوطني، الذي عُدَّ على نطاق واسع الوريث الشرعي والوحيد للثورة الجزائرية، بيد أنه برز، خلال ثمانينيات القرن الماضي، دور حركات الإسلام السياسي، في المشهد السياسي الجزائري، لتشكل بفعل عوامل عدة، بعضها داخلي وبعضها خارجي، رقماً صعباً في المعادلة السياسية الجزائرية، لكن شعبية هذه الحركات تراجعت بشكل كبير خلال حقبة التسعينيات، بعد ما دخلت في صراع مع الجيش على السلطة، وقد تحول هذا الصراع بين الطرفين إلى حرب أهلية طاحنة، دفعت البلاد ثمنها غالياً، فإضافة إلى عشرات الآلاف من الضحايا معظمهم من المدنيين[1]، دخل البلد في أتون نفق مظلم في شتى الميادين التنموية السياسية والاقتصادية والاجتماعية.

وعلى الرغم من أن هذه الحركات سرعان ما عادت لتستجمع قواها مجدداً مستفيدة من أجواء التهدئة التي انتهجتها السلطة الجزائرية خلال مطلع الألفية، فإن توجس أطياف واسعة من المجتمع الجزائري منها، واعتبارها مسؤولة بشكل كبير عن العشرية الدموية (1990 – 2000) خاصة في ظل صدامها مع الجيش الجزائري الذي ينظر إليه الجزائريون بوصفه رمزاً من رموز وحدة الدولة الجزائرية، وانقسام هذه الحركات وكثرة الخلافات بين قادتها، كلها عوامل شكلت معوقات أساسية للمشاركة الفاعلة لتلك الحركات في الحياة السياسية، وبطبيعة الحال فإن توجُّس الدولة والمجتمع في الجزائر من أن تُعيد بعض تلك الحركات سيرتها الأولى، فتعمد إلى استخدام العنف وتوظيفه أداةً لمحاولة الهيمنة على المجتمع يظل هو الآخر (أي ذلك التوجّس) من بين المعوقات الأساسية أيضاً لتلك المشاركة.

وقد أخذ نقاش موضوع المشاركة السياسية لتلك الحركات زخماً كبيراً في الساحتين السياسية والفكرية في الجزائر بعدما صرح الرئيس الجزائري عبدالمجيد تبون خلال

---

1. قُدّر عدد ضحايا تلك الحرب الأهلية بنحو 200 ألف قتيل، و6 آلاف مفقود هذا عدا الجرحى، والمنكوبين ممن تم تشريدهم عن منازلهم.

العام الماضي بأن: "أيديولوجية الإسلام السياسي التي سعت للاستيلاء على الحكم في التسعينيات لن يكون لها أي وجود في الجزائر"[2]، وهو ما يعني عملياً أن الدولة الجزائرية بمؤسساتها المختلفة، وفي مقدمتها الجيش لن تسمح لحركات الإسلام السياسي بالوصول إلى درجة من القوة تسمح لها بالوصول إلى سدة الحكم، وممارسة الهيمنة من خلاله على المجتمع، كما قد يُفهم من هذا التصريح من لدن أكبر سلطة في البلاد، لكن هذه الحركات يبدو أنها ليست في وارد التسليم بذلك، والقبول بتحجيم السلطة لها، وهو الأمر الذي يُستشف من استمرارها في التخطيط والتعبئة لمحاولة تحقيق حلمها في الوصول إلى الحكم، وهو ما يثير تساؤلات عدة حول خريطة حركات الإسلام السياسي في الجزائر وتوجهاتها، ورهانات مشاركتها السياسية، وواقع تلك المشاركة وطبيعتها، وهو ما تسعى هذه الورقة إلى تناوله .

____

2. "تبون: (الإسلام السياسي) لن يوجد مرة أخرى في الجزائر"، صحيفة الخليج الإماراتية، 5 يونيو 2021، على الرابط الآتي: https://2u.pw/Iq7FP . تاريخ الزيارة 2022/07/20.

أولاً: خريطة حركات الإسلام السياسي
في الجزائر وتوجهاتها

يمكن القول إن تسمية حركات الإسلام السياسي في الجزائر تُطلق على مزيج متنوع من الحركات ذات المشارب الدينية المختلفة التي لها مطامح سياسية ذات بُعد ديني، وهي حركات متشعبة بين مدارس وتيارات فكرية مختلفة، تشترك جميعها في العديد من المطامح والأهداف السياسية، لكنها في معظمها ذات طابع تنظيمي واضح، مثل تيار الإخوان المسلمين الذي أخذ طابعاً تنظيمياً واضحاً، وكذلك الحركات ذات المرجعية السلفية، ومن ثمّ فهي في معظمها مؤطرة ضمن جماعات أو مؤسسات محددة؛ ومع ذلك فإن كثرة الانقسامات والانشقاقات بين هذه الحركات، وانفصام عرى العلاقة بين بعضها بعضاً، يجعل من الصعوبة بمكان الإمساك بالقواسم المشتركة بينها، وتبيُّن محددات الوصل التي تربطها بعضها ببعض، كما تجعل من العسير كذلك إدراك عوامل الفصل ونقاط التمايز بينها.

فحركات الإسلام السياسي في الجزائر لا تفتقد إلى الأشكال الحركية المحلية الموحدة فحسب، بل إنها تتميز كذلك بخلافات داخلية واسعة وكبيرة، بعضها يتعلق بالتباين حول توصيف الواقع السياسي وتحديد استراتيجيات الإصلاح المجتمعي، فيما يتعلق بعضها الآخر بطرق تنزيل تلك الاستراتيجيات وآلياتها على أرض الواقع ، وما يزيد من تعقيد تلك الخلافات والانقسامات هو كونها تحدث بين مجموعات تقوم الرؤية السياسية لبعضها على "تفضيل التوافق الوطني" و"القبول بشروط اللعبة الديمقراطية" (حركة مجتمع السلم، وحزبي: الإصلاح الوطني، والنهضة)، فيما تقوم لدى بعضها الآخر على "مبدأ المفاصلة" و"تكفير الحكام وجواز الخروج عليهم" (الجماعة الإسلامية المسلحة، والجماعة السلفية للدعوة والقتال، وتنظيم القاعدة في بلاد المغرب الإسلامي، وتنظيم الهجرة والتكفير).

وبشكل عام فإنه يمكن أن نرسم خريطة موجزة عن أهم مكونات تلك الحركات، وذلك على النحو الآتي:

1. الجبهة الإسلامية للإنقاذ:

تعدُّ الجبهة الإسلامية للإنقاذ باكورة حركات الإسلام السياسي في الجزائر وأهمها على الإطلاق، وقد تأسست في شهر مارس عام 1989، أي بعد شهر واحد فقط من إقرار دستور عام 1989، وتم من خلاله إقرار التعددية في الجزائر[3]، بعد ما يناهز العقود الثلاثة من الأحادية الحزبية، هيمنت خلالها جبهة التحرير بشكل كامل على الحياة السياسية، وقد تحصلت الجبهة الإسلامية للإنقاذ على ترخيص قانوني في سبتمبر من العام نفسه[4]، لتصبح بذلك أول حزب من أحزاب الإسلام السياسي في الجزائر يتم السماح له بالعمل بصورة قانونية[5]، وقد كانت الجبهة إبان تأسيسها عبارة عن مزيج متنوع من التوجهات الأيديولوجية والفكرية، فقد ضمت تياراً سلفياً[6]، وإسلاميين معتدلين لديهم ميولات وطنية[7]، وتياراً ثالثاً جهادياً[8]، وبعضاً

---

3. الجمعي قبوج، وخليفة بوزبرة، "الإسلام السياسي في الجزائر: من الفكر إلى الممارسة في ظل التغيرات الداخلية والخارجية: حركة مجتمع السلم أنموذجاً"، المجلة الجزائرية للأمن والتنمية، العدد 2، يوليو 2020، ص 250.

4. زيدان سعيد وجبران سفيان، "تطور حركات الإسلام السياسي في الجزائر قبل وبعد الربيع العربي" في: مجموعة مؤلفين، تجارب حركات الإسلام السياسي بعد ثورات الربيع العربي: دراسة في التحديات الراهنة وآفاق المستقبل، (برلين: المركز الديمقراطي العربي، 2019)، ص 248.

5. الجمعي قبوج، وخليفة بوزبرة، "الإسلام السياسي في الجزائر..."، مرجع سابق، ص 250.

6. تولى قيادة التيار السلفي ضمن الجبهة علي بلحاج، الذي يُعدُّ واحداً من القادة التاريخيين للجبهة، وأحد الذين قاموا ببلورة فكرة تأسيسها، كما عُرف عنه أنه أحد أهم صقور الجبهة، ويُعدّ رمزاً من أهم رموز الاتجاه الراديكالي داخلها.

7. كان لهذا التيار حضور مهم داخل الجبهة خلال مرحلة تأسيسها، ومن أهم رموزه عباسي مدني، الذي تم اختياره لقيادة حزب الجبهة إبان تأسيسه، وهو أحد القادة التاريخيين لحركات الإسلام السياسي في الجزائر، وسبق له أن شارك في ثورة التحرير ضد المستعمر الفرنسي، وتم سجنه في بدايتها، ولم يطلق سراحه إلا بعد الاستقلال، وهو حاصل على دكتوراه دولة في التربية من بريطانيا، عُرف في بداية تأسيس الجبهة بمواقفه المعتدلة، وشيئاً فشيئاً أخذت مواقفه تصبح أكثر راديكالية، خاصة بعد قرار الجيش القاضي إلغاء الجولة الثانية من الانتخابات وحظر الجبهة الإسلامية للإنقاذ عام 1992. توفي في إبريل عام 2019.

8. شكل التيار الجهادي قطباً من أهم الأقطاب المؤسسة للجبهة، وتمثل أساساً في الجهاديين الجزائريين العائدين من أفغانستان. انظر: الكر محمد، "الإسلام السياسي في ظل الأيديولوجية التكفيرية للجماعات المسلحة وآليات المعالجة بين أطروحات المواجهة وطرائق المصالحة (1990-2016) الجزائر نموذجاً)"، في: مجموعة مؤلفين، إشكالية الدولة والإسلام السياسي قبل وبعد ثورات الربيع العربي.. دول المغرب العربي أنموذجاً، (برلين: المركز الديمقراطي العربي، 2018)، ص117.

من المنتسبين إلى جماعة التكفير والهجرة[9]، وآخرين منتمين إلى الإخوان المسلمين[10]، هذا علاوة عن تيار الجزأرة[11]، الذي شكّل أقلية ضمن حزب الجبهة الإسلامية للإنقاذ[12]، هذا فضلاً عن المتصوفة وغيرهم.

وعلى الرغم من بقاء بعضٍ ممن ينتسبون إلى حركات الإسلام السياسي خارج الجبهة، وعدم انضمامهم إلى الحزب وتأسيسهم لأحزاب أخرى، مثل: حزبي مجتمع السلم والنهضة، فإن الجبهة تمكنت من أن تشكل القوة السياسية الأكبر والأكثر انتشاراً من بين قوى الإسلام السياسي[13]، والحزب الأقدر على تقديم خطاب سياسي يستقطب الناخب الجزائري خلال تلك المرحلة من بين الأحزاب ذات التوجه السياسي الإسلامي، كما تمكنت الجبهة من توحيد الغالبية الساحقة من أنصار تيارات الإسلام السياسي ضمن رؤية عامة واحدة، عمادها السعي إلى تقديم بديل عن النظام القائم منذ الاستقلال في الجزائر، الذي هيمنت عليه بشكل مطلق جبهة التحرير، وهو النظام الذي اعتبرت الجبهة أنه فشل فشلاً ذريعاً على المستوى الاقتصادي[14]، وأن مقارباته في الميدانين السياسي والاجتماعي ليست أقل سوءاً من سياساته الاقتصادية، كما لم يتمكن من صهر الشعب الجزائري في هوية واحدة، هي الهوية العربية الإسلامية، كما بنت الجبهة رؤيتها على ضرورة القضاء على الفساد بأشكاله كلها، وتخليق الحياة

---

9. انتمى إلى جبهة الإنقاذ خلال مرحلة تأسيسها العديد من المنتسبين إلى جماعة التكفير والهجرة. انظر: الجمعي قبوج، وخليفة بوزبرة، الإسلام السياسي في الجزائر، مرجع سابق، ص 250.

10. في واقع الأمر لم يتمكن تيار الإخوان المسلمين في الجزائر من بلورة موقف واضح وموحد من الجبهة، ففي حين أن قطاعاً مهماً من هذا التيار نأى بنفسه عن هذه الجبهة ورفض الانضواء تحت، لوائها وفضل أن يؤسس أحزاباً أخرى، مثل: حزب النهضة على سبيل المثال، فإن بعض المنتمين إلى هذا التيار آثروا الانضمام إلى الجبهة، وانخرطوا في مختلف أنشطتها.

11. تيار الجزأرة هو تيار من تيارات حركات الإسلام السياسي، يحصر نشاطه السياسي في حدود الجزائر، ويقوم على فكرة أساسية مؤداها أن ظروف كل بلد من البلدان الإسلامية تختلف عن ظروف سائر البلدان، ومن ثم فإن هذا التيار يرفض بشكل جازم وقاطع ربط حركة الإسلام السياسي الجزائرية بمثيلاتها في المشرق العربي أو بتنظيمات الإسلام السياسي الدولية، وبشكل خاص الإخوان المسلمين. انظر: الجمعي قبوج، وخليفة بوزبرة، "الإسلام السياسي في الجزائر..."، مرجع سابق، ص ص 250- 251.

12. زيدان سعيد وجبران سفيان، "تطور حركات الإسلام السياسي في الجزائر قبل وبعد الربيع العربي"، مرجع سابق، ص 248.

13. المرجع السابق نفسه، ص 249.

14. جيدور حاج بشير، "مأزق الإسلام السياسي في الجزائر: دراسة تحليلية عن تراجع الأداء السياسي للأحزاب ذات التوجه الإسلامي"، دفاتر السياسة والقانون، العدد 19، يونيو 2018، ص 293.

العامة، وقد لاقت هذه الأطروحات قبولاً كبيراً عند فئات واسعة من الشعب الجزائري، ورأت فيها تلك الفئات البديل المناسب لسلطة جبهة التحرير المترهلة، وخطابات قادتها التي تناقض واقعهم.

مثلما تمكنت الجبهة، وعلى الرغم من الانقسامات والخلافات الكبيرة التي كانت تعج بها، من أن تشكل رقماً صعباً في المعادلة السياسية الجزائرية، وأن تشكل الصوت الإسلامي السياسي الأكثر جماهيرية، وشعبية في الجزائر[15]، وهو الأمر الذي ظهر جلياً من خلال اكتساحها لأول انتخابات تشريعية تشارك فيها، وذلك بحصولها على نتائج فاقت التوقعات كلها في المرحلة الأولى من هذه الانتخابات التي أجريت في ديسمبر 1991[16]، قبل أن يتدخل الجيش ويعلن إلغاء المرحلة الثانية من الانتخابات التي كانت مقررة في يناير 1992، وحل الجبهة وحظرها في مارس 1992[17]، ومنعها من ممارسة أي نشاط سياسي، وهي القرارات التي رفضتها الجبهة رفضاً كلياً ما قادها إلى الدخول في صدام عنيف مع الجيش[18].

2 تنظيمات الإسلام السياسي المسلحة:

كانت لدى هذه التنظيمات في السابق القدرة على اجتذاب أعداد كبيرة من الشباب الجزائري، من المقتنعين برؤى جماعات الإسلام السياسي، أو الناقمين على الدولة الجزائرية بسبب تعثر سياساتها التنموية، أو الغاضبين من التضييق الذي حصل على حركات الإسلام السياسي بشكل عام، وعلى الجبهة الإسلامية للإنقاذ بشكل خاص، لكن هذه القدرة تراجعت بشكل كبير، إن لم تكن قد انعدمت بفعل سياسة تجفيف

---

15. الجمعي قبوج، وخليفة بوزبرة، "الإسلام السياسي في الجزائر.."، مرجع سابق، ص 251.

16. خلال الانتخابات المحلية التي جرى التنافس عليها في شهر يونيو من عام 1990 حصدت الجبهة 54.3% من الأصوات في انتخابات المجالس البلدية، و57.4% من الأصوات في انتخابات المجالس الولائية، فيما تمكنت خلال الجولة الأولى من الانتخابات التشريعية التي جرت خلال شهر ديسمبر من عام 1991 من حصد 188 مقعداً من المقاعد الـ 231 التي تنافست عليها في المجلس الشعبي الجزائري، كما كان من المفترض أن تدخل الجبهة المنافسة خلال المرحلة الثانية من الانتخابات النيابية، على 99 مقعداً من المقاعد المتبقية من المقاعد الـ 430 التي كان يتألف منها المجلس في ذلك الوقت، وهي الانتخابات التي لم تَجْرِ أبداً بسبب تدخل الجيش، وإلغائه للجولة الثانية من الانتخابات.

17. دالية غانم، "المداميك المتقلبة للإسلام السياسي في الجزائر"، مركز كارنيغي للشرق الأوسط، بيروت، إبريل 2019، ص 5. https://carnegie-mec.org/2019/07/22/ar-pub-79541

18. الكر محمد، "الإسلام السياسي في ظل الأيديولوجية التكفيرية.."، مرجع سابق، ص117- 118.

منابع الإرهاب التي اعتمدتها السلطات الجزائرية من جهة، والتي تمثلت في مقاربة تمزج بين اللين والخشونة معاً، بحيث تحاصر تلك الجماعات وتستخدم ضدها القبضة الأمنية الحديدية، لكنها في الوقت ذاته تترك باب العودة متاحاً لمن أراد الرجوع من أنصار تلك الجماعات، وتعاملهم بالكثير من الليونة وتفتح أمامهم فرص العودة لممارسة حياتهم الطبيعية، كما تراجعت قدرة هذا الاتجاه على الحشد بفعل عدم تقبل خطابه الراديكالي القائم على ممارسة العنف ضد الدولة[19]، من الشعب الجزائري، خاصة بعد التضحيات الباهظة التي قدمها هذا الأخير من الشهداء والجرحى بسبب العنف الذي مارسته تلك الجماعات، من جهة أخرى.

وإذا كان من الصعوبة بمكان أن نتحدث بالتفصيل عن مكونات هذا الاتجاه كلها نظراً إلى العدد الكبير من التنظيمات التي تنخرط ضمنه، وكثرة الانقسامات التي تعرفها هذه التنظيمات، فإنه يمكن القول إن أهم ممثليه يظل هو الجماعة الإسلامية المسلحة والجيش الإسلامي للإنقاذ[20]، وهذان لم يعد لهما وجود تقريباً في الساحة السياسية الجزائرية نتيجة إلقاء الكثير من مقاتليهما السابقين للسلاح واستفادتهم من مبادرات الدولة المتعلقة بسياسات المصالحة، والتحاق بعض مقاتليها الآخرين بجماعات متشددة أخرى[21]، وإضافةً إلى الجيش الإسلامي والجماعة الإسلامية، فإن أهم ممثلي هذا الاتجاه يظل هو الجماعة السلفية للدعوة

---

19. إضافه إلى ممارسة العنف ضد الدولة فإن بعض هذه التنظيمات مارست العنف كذلك على نطاق واسع ضد المجتمع بشكل عام، وضد التنظيمات المسلحة الإسلامية الأخرى، ولعل النموذج الأكثر دلالة في هذا الإطار هو الجماعة الإسلامية المسلحة التي استهدفت هجماتها إضافةً إلى كل من له علاقة بالدولة ومؤسساتها المدنيين بشكل عام، وأعضاء التنظيمات المسلحة الإسلامية الأخرى، وبشكل خاص منهم قادة الجيش الإسلامي للإنقاذ ومنتسبوه.

20. تأسس كل من الجيش الإسلامي والجماعة الإسلامية المسلحة للإنقاذ مع مطلع التسعينيات، وتحديداً خلال عامي 1992 و1993، ليشكلا طليعةً لجماعات التطرف العنيف في الجزائر، وقد جاء سياق تأسيسهما متزامناً مع إلغاء ما تبقى من المسار الانتخابي بقرار من الجيش، بعد حصول الجبهة الإسلامية للإنقاذ على نتائج كبيرة خلال الجولة الأولى من الانتخابات البرلمانية التي أجريت عام 1991، وهو القرار الذي تم إتباعه بقرار آخر يقضي بحظر الجبهة، ومنعها بشكل نهائي من ممارسة العمل السياسي.

21. ينطبق هذا الأمر أساساً على الجماعة الإسلامية المسلحة التي انشق عنها العديد من المنسوبين احتجاجاً على نهجها الذي عدّوه مبالِغاً في العنف ضد المدنيين، وأسسوا الجماعة السلفية للدعوة والقتال.

والقتال[22]، التي اندمجت ضمن تنظيم القاعدة، وغيرت اسمها إلى تنظيم القاعدة في بلاد المغرب الإسلامي[23].

3 أحزاب الإسلام السياسي الأخرى:

تُعدُّ هذه الفئة من الأحزاب نفسها أكثر اعتدالاً مقارنة بجبهة الإنقاذ والتنظيمات المسلحة، فمن جهة أولى، تشير إلى أن أطروحاتها وتوجهاتها أقل راديكالية من جبهة الإنقاذ وأنها لا تتصادم مع السلطة مثلما فعلت الجبهة، ومن جهة ثانية فإنها تؤكد أنها لا تستخدم العنف المسلح في محاولة إطاحة النظام مثلما فعلت التنظيمات المسلحة، ونظراً إلى التشابه في التوجهات والاشتراك في الأهداف بين هذه الأحزاب، فإنه سبق لمجموعة منها أن أسست تكتلاً سمته تكتل الجزائر الخضراء، هذا التكتل هو عبارة عن تحالف سياسي يتكون من ثلاثة أحزاب من أحزاب الإسلام السياسي، هي: (حركة مجتمع السلم الذراع السياسية الأبرز للإخوان المسلمين في الجزائر[24]، وحركة النهضة التي تتبنّى فكر الإخوان[25]، وحركة الإصلاح الوطني[26])، وقد نشأ هذا التحالف قبل

---

22. تأسست الجماعة السلفية للدعوة والقتال في عام 1998، وقد وُلد هذا الفصيل من رَحِم الجماعة الإسلامية المسلحة، وقد اندمج من تبقى من مقاتليه لاحقاً في تنظيم القاعدة، وشكلوا النواة الأساسية لما عُرف لاحقاً بتنظيم القاعدة في بلاد المغرب الإسلامي.

23. تأسس تنظيم القاعدة في بلاد المغرب الإسلامي فعلياً عام 2006، عندما أعلنت الجماعة السلفية للدعوة والقتال مبايعتها لتنظيم القاعدة بقيادة أسامة بن لادن، لكنها لم تأخذ تسمية "تنظيم القاعدة في بلاد المغرب الإسلامي" بشكل رسمي إلا في العام التالي، أي عام 2007.

24. حزب حركة مجتمع السلم أو حزب مجتمع السلم هو أكبر أحزاب الإسلام السياسي في الجزائر حالياً، تأسس عام 1990 على يد الشيخ محفوظ نحناح، ويقدم هذا الحزب نفسه على أنه يمثل الإسلام السياسي المعتدل ويطرح نفسه بديلاً معتدلاً عن الجبهة الإسلامية للإنقاذ، شارك في الاستحقاقات الانتخابية جميعها التي جرت في الجزائر منذ استئناف الحياة السياسية في منتصف تسعينيات القرن الماضي، ولم يسبق له أن قاطع أي استحقاق انتخابي باستثناء الانتخابات الرئاسية الأخيرة التي جرت عام 2019.

25. تأسس حزب النهضة عام 1990 على يد عبدالله جاب الله الذي انسحب منه في عام 1999، وهو مثل سابقه يطرح نفسه على أنه يمثل الإسلام المعتدل، في حين يعتبر خصومه أنه عبارة عن نسخة محلية من تنظيم الإخوان المسلمين، شارك حزب النهضة في مختلف الاستحقاقات الانتخابية خلال العقدين الماضيين.

26. تأسست حركة الإصلاح الوطني عام 1999، وإضافة إلى توجهاتها العامة التي تشترك فيها مع الحزبين السابقين بوصفها تقدم نفسها على أنها تمثل الإسلام السياسي المعتدل، فإنها تقدم نفسها كذلك على أنها حركة ذات توجهات وطنية، تركز خطاباتها على ضرورة إعادة البناء الوطني على أساس توجهات الثورة الجزائرية لعام 1954.

الانتخابات التشريعية لعام 2012، وقد جاء محاولةً من هذه الأحزاب لاستغلال الظرفية الإقليمية المتّسمة، آنذاك، بصعود جماعات الإسلام السياسي وسيطرتها على المشهد السياسي في العديد من البلدان وتوحيد الصف فيما بينها وتنسيق عملها من أجل النجاح في الانتخابات بنسب كبيرة، والهيمنة على البرلمان الجزائري[27]، وتجمع بين هذه الأحزاب الثلاثة العديد من القواسم المشتركة فجميعها تعدّ جزءاً من حركات الإسلام السياسي، كما أن لها التوجهات ذاتها تقريباً فيما يتعلق بالمشاركة السياسية، وأهم هذه التوجهات المشاركة في أي انتخابات تنظمها السلطة الحاكمة، وعدم مقاطعة أي استحقاق انتخابي مهما كانت الظروف، وعدم الصدام مع السلطة، كما أن اثنين من هذه الأحزاب الثلاثة تم تأسيسهما في العام نفسه، عام 1990، ويتعلق الأمر بحزبي "مجتمع السلم" و"النهضة"، كما أن هذه الأحزاب الثلاثة تقدم نفسها على أنها بديل إسلامي معتدل عن الجبهة الإسلامية للإنقاذ التي تعدُّ هذه الأحزاب أن طرحها كان طرحاً راديكالياً، وبالنتيجة فإن هذا التكتل لم ينجح في تحقيق أهدافه مما حدا بهذه الأحزاب إلى فضه وعدم الاعتماد عليه في الترشح للانتخابات الموالية، وإضافة إلى الأحزاب الثلاثة التي كان هذا التحالف يتشكل منها، فإن هناك أحزاباً أخرى كذلك تشارك هذه الأحزاب في التوجهات نفسها وأهمها، حركة الدعوة والتغيير التي انشقت عن حركة مجتمع السلم، وحركة البناء الوطني[28]، وحزب جبهة العدالة والتنمية[29] وكلها أحزاب محسوبة على الإخوان المسلمين.

---

27. حلوز خالد، "الإسلام السياسي والربيع العربي: دراسة حالة تكتل الجزائر الخضراء في الانتخابات التشريعية مايو 2012"، ضمن تجارب حركات الإسلام السياسي بعد ثورات الربيع العربي، مرجع سابق، ص97.

28. حركة البناء الوطني هو حزب إسلامي سياسي ذو توجهات محافظة أسسه عام 2013 بعض القياديين السابقين في حزب حركة مجتمع السلم الإخواني، وهو يحمل التوجهات ذاتها تقريباً التي يحملها حزب حركة مجتمع السلم، وقد شارك في الانتخابات التشريعية الأخيرة التي انتظمت في عام 2021، وتمكن من حصد 40 مقعداً في المجلس الشعبي (مجلس النواب الجزائري).

29. تأسس حزب جبهة العدالة والتنمية عام 2011 بزعامة عبدالله جاب الله، ويعدُّ هذا الحزب إلى جانب حزب حركة البناء الوطني من أحزاب الإسلام السياسي الأحدث من حيث التأسيس، إذ يُعدُّ حديثاً جدّاً مقارنة بأحزاب أخرى مثل حركة مجتمع السلم وحزب النهضة، وهو ثالث الأحزاب التي أسسها عبدالله جاب الله بعد حزبي "النهضة" و"الإصلاح الوطني"، ومن ثم فإنه لا يعدو أن يكون نسخة أخرى توشك أن تكون كربونية من هذين الحزبين، يحمل التوجهات ذاتها المتعلقة بالمشاركة في الاستحقاقات الانتخابية جميعها، وعدم الدخول في صدامات مع السلطة تحت أي ظرف كان.

يُطلق تعبير المشاركة السياسية على مجموع الأنشطة التي تهدف إلى التأثير في صانع القرار السياسي، وهذه الأنشطة قد يقوم بها أفراد وقد تمارسها جماعات، وقد تأتي في شكل عفوي أو ارتجالي، كما قد تأخذ طابعاً منظماً، وقد تمارس بشكل متقطع كما قد تكون في شكل دائم ومنتظم، وقد تكون سلمية أو عنيفة، فعالة أو غير مؤثرة، كما قد تكون شرعية ومتماشية مع الأطر والنظم القانونية، وقد تتم من خارج تلك الأطر فتفتقد الشرعية والقانونية[30]، وارتباطاً بهذا التعريف فإن المشاركة السياسية المقصودة في هذه الورقة تشمل النشاطات كلها التي تقوم بها حركات الإسلام السياسي بغية التأثير في مسار الحكم في الجزائر، وفي هذا الصدد يجب التنبيه إلى أنه على الرغم من التباين الحاصل بين تلك الحركات في الاستراتيجيات والوسائل فإن لها في الغالب الرهانات ذاتها تقريباً، كما أنها تسعى من خلال مشاركتها السياسية إلى تحقيق الأهداف ذاتها، ويمكن بشكل عام إجمال أهم رهانات المشاركة السياسية لهذه الحركات في الآتي:

1. الوصول إلى السلطة:

يُعدُّ هذا الرهان أهم الرهانات على الإطلاق وأكثرها أولوية، بالنسبة إلى هذه الحركات، فهو يظل الهدف الرئيسي الذي ظلت تسعى إليه منذ البدايات الحقيقية لتشكلها خلال نهاية ثمانينيات القرن الماضي حتى الآن، وإن كانت تختلف في تحديدها للوسائل المثلى للوصول إلى تحقيق هذا الهدف، بين من يرى أن تحقيقه غير ممكن إلا من خلال ممارسة العمل السياسي في إطار النظم القائمة، وجعل صناديق الاقتراع وسيلة للوصول إلى الحكم، ومن يعتبر أنه لا حل إلا بالمغالبة وحمل السلاح ضد الدولة، التي يعتبرون أنها "دولة كافرة"، ومن ثم فإنه لابد من إطاحة نظام الحكم برمته، وإقامة حكم جديد محله طبقاً: "للمبادئ الإسلامية الصحيحة"، وفي مقدمتها مبدأ الحاكمية، باعتبار أن المجتمع من وجهة نظر الاتجاه الأخير "مجتمع كافر وجاهلي"، ويحتاج إلى

---

30. سميحة مناصرية ووافية عوايجية، "تداعيات الإصلاحات السياسية الراهنة على المشاركة السياسية: دراسة تحليلية للانتخابات التشريعية لسنتي 2012-2017"، مجلة الحقوق والعلوم السياسية، جامعة عباس لغرور، كلية الحقوق والعلوم السياسية، خنشلة، الجزائر، عدد 9، يناير 2018، ص 386.

إعادة تأهيل من خلال تأسيس "الدولة الإسلامية" وتطبيق شرع الله عليه، لأطره أطراً وإرغامه إرغاماً على "العودة للطريق المستقيم".

ولو أخذنا مثالاً على كل من الاتجاهين فسنجد أن أهم من يمثل الاتجاه الأول هو تحالف الجزائر الخضراء، بأقطابه الثلاثة: حركة مجتمع السلم، وحزب النهضة وحزب الإصلاح الوطني، إضافة إلى كلٍّ من حركة البناء الوطني وجبهة العدالة والتنمية، أما الاتجاه الثاني الذي يتبنّى نهج التغيير الراديكالي العنيف وتكفير المجتمع فكانت تمثله في السابق مجموعة من التنظيمات الراديكالية مثل الجماعة الإسلامية المسلحة والجماعة السلفية للدعوة والقتال، ويمثله في الوقت الحالي تنظيم القاعدة في بلاد المغرب الإسلامي.

وعلى الرغم من التباين الملحوظ بين هذه المجموعة من الحركات حول الطريقة المثلى والوسيلة الأكثر نجاعة للوصول إلى الحكم، فإنها تشترك جميعاً في كونها تعد جزءاً لا يتجزأ من تيار الإسلام السياسي، الذي يعرف بأنه مجموعة من القوى والحركات ذات المرجعية الدينية التي لا تجد غضاضة في ممارسة السياسة والوصول إلى الحكم، باعتبار أن الإسلام "دين ودولة"[31]، ومن ثم فإن الرؤية الفكرية لهذه الحركات تتأسس على ضرورة الوصول إلى الحكم بوصفه الوسيلة الوحيدة لتطبيق فكرها وبرنامجها، ومن ثم يمكن القول إن هذه الرؤية تقوم في جوهرها على أساس أن الفصل القائم بين السياسة والدين في المسيحية والقاضي بأن ما لله لله وما لقيصر لقيصر غير موجود في الإسلام، إذ إن هذا الأخير يقوم على أن قيصر وكل ما يملك هو لله أيضاً، وأن الحياة العامة وتدبير الشأن العام لا يمكن فصلهما عن الدين أبداً، وأن أي محاولة لفصل الدين عن الحكم محكوم عليها بالفشل مسبقاً، لأنها مجرد محاولة لتغريب مجتمعاتنا المسلمة وفصلها عن جذورها.

ومن هنا فإن هذا الرهان يحتل مكانة بالغة الأهمية ضمن النسق الفكري لهذه الحركات، وهذا ما يمكن أن نطلق عليه مركزية الممارسة السياسية بغرض الوصول إلى السلطة في فكر تلك الحركات، وفي هذا الإطار يتحدث الباحث الفرنسي، فرانسوا بورغا، عن أن هذه الأولوية وهذا الرهان قد تبلورا خلال البدايات الأولى لتأسيس هذا

---

31. صالح عبدالرزاق فالح الخوالدة، "الإسلام السياسي: المفهوم والأبعاد"، ضمن: مجموعة مؤلفين، إشكالية الدولة الإسلام السياسي قبل وبعد ثورات الربيع العربي، (برلين: المركز الديمقراطي العربي، 2018)، ص ص 4.

النوع من الحركات، معتبراً أن التعبيرات الأولى لظاهرة الإسلام السياسي بدأت تظهر خلال نهاية السبعينيات في مساجد بعض المدن الجزائرية، من قبيل وهران وسيدي بلعباس والأغواط، وأن هذه التعبيرات أخذت في البداية شكل مجموعات للدرس والتعبئة[32]، وعلى الرغم من أن هذه المجموعات كانت في البداية تركز بشكل كبير على الوعظ والإرشاد والتأطير الديني فإنها سرعان ما أدخلت التأطير والتكوين السياسي لأتباعها ضمن مناهجها، وهو الأمر ذاته الذي يؤكده أحد القادة السابقين لبعض تلك الحركات، وهو الداودي محمد الهادي، الذي يتحدث عن مضامين تلك الدروس قائلاً: "لم تكن عبارة عن دروس نكتفي خلالها بشرح كيف تتم تأدية الصلاة والصوم وكل ما يتعلق بذلك، لا بل كانت دروساً على مستوى عالٍ، كنا نشرح ونبحث أثناءها ما الذي يمكننا عمله لكي نعيش في دولة إسلامية"[33].

فالهدف النهائي من هذه الدروس هو التأطير السياسي لأتباع هذه الجماعات من منظور إسلامي، من أجل تحضيرهم وتهيئتهم للعيش في مجتمع تحكمه هذه الجماعات، وهو المجتمع الذي تعتبر هذه الجماعات أنه سيكون محكوماً بأسس الشريعة الإسلامية ومبادئها، ومن ثم فإن هذه الدروس كانت تركز على تحليل الوضع الاجتماعي في مستوياته الثلاثة الاقتصادية والثقافية والاجتماعية مبرزة ما تعتبره الحل الإسلامي للمشكلات التي يعانيها المجتمع[34].

ويعود السبب في مركزية فكرة الوصول إلى الحكم ضمن النسق الفكري لتلك الجماعات إلى كونها ترى أن "الإصلاح المجتمعي" الذي تطمح إلى إحداثه سيظل متعذراً ما لم يتم فرضه من أعلى، من خلال الاستحواذ على السلطة، وتوظيفها في إحداث تغييرات جوهرية في المجتمع، على الصُّعُد جميعها السياسية والاقتصادية والثقافية والتربوية والاجتماعية، ومن دون الوصول إلى السلطة فإن "الإصلاح المجتمعي" سيظل حبراً على ورق ومجردَ شعار.

32. فرانسوا بورغا، الإسلام السياسي: صوت الجنوب، ترجمة لورين زكري، ط2، (القاهرة: دار العالم الثالث، 2001)، ص 265.

33. المرجع السابق.

34. عروس الزبير، "الدين والسياسة في الجزائر"، ضمن: مجموعة مؤلفين، الدين في المجتمع العربي، ط2، (بيروت: مركز دراسات الوحدة العربية، إبريل 2000)، ص 510.

من هنا فإن هذه الحركات كثيراً ما استغلت حالات الضعف التي تمر بها الدولة في محاولة القفز على السلطة من خلال تقديم نفسها على أنها البديل الوحيد القادر على تلبية حاجيات المجتمع في تلك اللحظات العصيبة، ويلاحظ أن حركات الإسلام السياسي في الجزائر سبق لها أن اتبعت هذه الاستراتيجية مرات عديدة، لعل من أشهرها استغلالها لحالة الضعف التي عرفتها الجزائر خلال نهاية الثمانينيات وحالة الإرهاق التي أصابت الدولة بفعل الأزمات الاقتصادية والاجتماعية التي توالت عليها في محاولة الوصول إلى الحكم من خلال تأسيس حزب سياسي والترشح من خلاله للانتخابات، وهي المحاولة التي كادت أن تؤتي أكلها لولا تدخل الجيش الجزائري وإلغاؤه للانتخابات، ووقفه للمسار السياسي برمته.

ويلاحظ أن طرفاً من هذه الحركات (يتعلق الأمر هنا بحزبي "حركة مجتمع السلم" و"جبهة العدالة والتنمية") حاول أن يعيد الكرة مرة أخرى مؤخراً، حينما حاول أن يركب على موجة الحراك الذي قام به الشباب الجزائري، وأن يقدم نفسه على أنه جزء أصيل من هذا الحراك ورائد من رواده، لكنه لم يتمكن من تحقيق ذلك الهدف بسبب الوعي السياسي الكبير الذي يتمتع به الشعب الجزائري قاطبة وشبابه بشكل خاص، والذي تجلى من خلال عدم ترحيب الحراك بقادة هذا التيار، وإبعاده وتهميشه لهم عند قدومهم للمشاركة في فعاليات الحراك[35].

2. التصالح مع الدولة والمجتمع:

الرهان الآخر الذي يؤطر المشاركة السياسية لفصيل مهم من تلك الحركات، ويعد واحداً من رهاناتها الأساسية هو التصالح مع الدولة والمجتمع الجزائريين، وذلك عبر محاولة تقديم صورة مغايرة لحركات الإسلام السياسي تختلف جذرياً عن الصورة التي ترسّخت لدى المجتمع الجزائري بفعل سنوات الحرب الأهلية، إذ تورطت بعض الجماعات التي تنتمي إلى تيارات الإسلام السياسي في أعمال عنف عديدة، خاصة مع تسعينيات القرن الماضي، راح ضحيتها الآلاف من الجزائريين، وأعطت مسوّغاً للسلطة في التعامل بدرجة كبيرة من العنف مع تلك الحركات، بل ومحاولة استئصال الحركات التي تحمل هذا النوع من الفكر، والقضاء عليها بشكل نهائي.

---

35. دالية غانم، "المداميك المتقلبة للإسلام السياسي في الجزائر"، مرجع سابق، ص 2.

فبسبب أحداث نهاية الثمانينيات ومطلع التسعينيات أصبح هناك اقتناع لدى فئات مهمة من هذه الحركات مفاده أن لا جدوى من مغالبة الدولة ومحاولة انتزاع السلطة بشكل كامل وأن الأفضل والأكثر جدوى لهذه الحركات هو أن تركن إلى السلم، وتنخرط في اللعبة الديمقراطية وتقبل بشروطها، وترضى بما تحوزه عبرها من مكاسب وإن قلت، وتشمل هذه الفئات نسيجاً واسعاً من حركات الإسلام السياسي الجزائرية بعضها منخرط فعلاً في الحياة السياسية مثل أحزاب النهضة، ومجتمع السلم، والإصلاح الوطني، والعدالة والتنمية وغيرها، وبعضها ليس منخرطاً حالياً في الحياة السياسية، لكنه يشارك هذه الأحزاب الاقتناع السابق، مثل منتسبي حزب الجبهة الإسلامية للإنقاذ المحظور، وبعض المنتسبين السابقين إلى الجيش الإسلامي للإنقاذ، وانطلاقاً من ذلك الاقتناع فقد قبلت حركات الإسلام السياسي الجزائرية أن تخوض الانتخابات مجدداً، لكن هذه المرة تحت رعاية السلطة وبتأطير منها.

وفي هذا الإطار فقد اتبعت بعض أحزاب الإسلام السياسي خيار المشاركة في الانتخابات بشكل دائم، فشاركت في مختلف الاستحقاقات الانتخابية المتعاقبة منذ عام 1995، مثلما هي الحال مع حزب مجتمع السلم، وحزب النهضة، وقد كانت هذه المشاركة بمنزلة سلاح ذي حدّين، فمن جهة تمكنت هذه الحركات بفضل هذه المشاركة من البقاء على قيد الحياة خلال تلك الحقبة التي تُعدُّ من بين الأصعب في تاريخها، كما سمحت لها بتوفير مناصب مهمة لكوادرها، والمشاركة في الائتلافات الحاكمة، ومن جهة أخرى فإن السلطة الحاكمة تمكّنت بدورها من توظيف هذه المشاركة بشكل يجلب لها الكثير من المكاسب، وذلك من خلال: "استتباع هؤلاء، وإفقاد المعتدلين منهم شرعيتهم في أعين الرأي العام، وإعاقة قدرتهم على اجتذاب الناخبين"[36].

---

36. دالية غانم، "المداميك المتقلبة للإسلام السياسي في الجزائر"، مرجع سابق، ص 2.

ثالثاً: واقع المشاركة السياسية لحركات الإسلام السياسي في الجزائر

من الصعوبة بمكان تحديد اللحظة التي تعيشها حركات الإسلام السياسي في الجزائر، في الوقت الراهن، في ميدان المشاركة السياسية على وجه الدقة، وذلك راجع إلى غياب أي يقين حول ما تريده هذه الحركات بالضبط في الوقت الحاضر، لكن بالاستناد إلى الرهانات الأساسية لهذه الحركات، التي سبق الحديث عنها، فإنه يمكن القول إن هذه الرهانات مازال تحقيقها بعيد المنال.

ففيما يتعلق بالرهان الأول، وهو الوصول إلى السلطة، فإن تلك الفئة من تيار الإسلام السياسي التي اعتمدت خيار العنف وقلب النظام القائم بالقوة، والتي كانت ممثلة مع مطلع التسعينيات من القرن الماضي في الجيش الإسلامي للإنقاذ والجماعة الإسلامية المسلحة، وأصبحت في مرحلة لاحقة ممثلة في الجماعة السلفية للدعوة والقتال قبل أن تنصهر بقاياها لاحقاً في تنظيم القاعدة في بلاد المغرب الإسلامي فشلت فشلاً ذريعاً، بفعل مجموعة من العوامل، أهمها: نجاعة المقاربة الجزائرية لمكافحة الإرهاب، التي اعتمدت مزيجاً من القوتين الصلبة والناعمة[37]، ومناوئة الشعب الجزائري لخيارات هذه الجماعات العنيفة، ما جعل فئات واسعة من هذا التيار تتراجع عن فكرة الوصول إلى السلطة بالقوة، وتركن بدلاً من ذلك إلى الاحتكام إلى صناديق الاقتراع.

ويبدو أن حظ الفئة الثانية من هذا التيار التي اختارت أن تؤطر مشاركتها السياسية ضمن شعار "المشاركة لا المغالبة" ليس هو أفضل من سابقه، فعلى الرغم من أن هذه الفئة والممثلة أساساً في "حركة مجتمع السلم" قد تبنّت استراتيجية مغايرة تماماً لاستراتيجية الفئة الأولى، تقوم على أساس القبول بالنظام القائم، وبالشروط التي يضعها للعبة الديمقراطية، والانخراط في ممارسة العمل السياسي السلمي من خلال تحويل الحركة أو الجماعة إلى حزب سياسي، والمشاركة في مختلف الاستحقاقات

---

37. بفعل النجاحات الكبيرة التي حققتها هذه المقاربة التي مزجت بين الخيارين الأمني والتنموي، تقلص عدد النشاطين في تيار التطرف العنيف في الجزائر من عشرات الآلاف في مطلع التسعينيات إلى بضع مئات، تقدرهم بعض المصادر بما بين 500 و1000 مقاتل، انظر: دالية غانم، "المداميك المتقلبة..."، مرجع سابق، ص 10.

الانتخابية، وممارسة العمل البرلماني، والمشاركة في الحكومات كلما سنحت الفرصة، بغية التغلغل في مؤسسات الحكم، والسيطرة على السلطة من الداخل بعد أن تعذر السيطرة عليها من الخارج، واستخدامها في أسلمة المجتمع[38]، فإن هذه الخطوات كلها لم تجعلها تحقق أيّاً من أهدافها الكبرى، باستثناء هدف واحد، وهو بقاء الإسلام السياسي في الجزائر حياً من خلال هذه الحركات، بعد أن كاد يتم اجتثاثه تماماً، والقضاء عليه بشكل نهائي، وعلى نفوذه في الحياة السياسية الجزائرية[39]، خاصة بعدما تم حظر جبهة الإنقاذ الإسلامية، وانجرت أطراف عديدة من حركات الإسلام السياسي في الجزائر إلى خيار الصدام مع السلطة، وهو الخيار الذي كان مكلفاً للغاية ومنيت من خلاله بهزيمة ساحقة.

لكن في المقابل، فإن مشاركة طيف من حركات الإسلام السياسي في الحكومات قد عادت عليها بمردود سلبي، ونتائج مغايرة تماماً لما كان مخططاً له، إذ تراجعت شعبيته وانحسرت بشكل كبير جداً، الأمر الذي سرعان ما انعكس هو الآخر بشكل سلبي على حجم التمثيل السياسي لتلك الحركات، وعلى عدد المناصب التي تحصلت عليها داخل مؤسسات الدولة، ما جعلها عاجزة بشكل كبير عن التأثير في القرار السياسي. ويتعلق الأمر بحركة مجتمع السلم التي لم تستنكف عن التحالف مع النظام السياسي الحاكم على عهد الرئيس السابق عبد العزيز بو تفليقة، فقد شكلت هذه الحركة مع كل من حزبي جبهة التحرير والتجمع الوطني الديمقراطي خلال الفترة ما بين الأعوام 2004 و2012، ما اصطُلح على تسميته بالتحالف الرئاسي، وبسبب مشاركة حزب حركة مجتمع السلم في الحكومات خلال تلك الفترة، وهي حكومات خيّبت آمال الشعب بسبب فسادها وفشلها في تقديم حلول لمشكلات الحياة اليومية للمواطن الجزائري، وكذلك بسبب تورط بعض وزراء هذا الحزب بالفساد، فقد تراجعت شعبيته بشكل كبير، وهذا ما جعله يعود مؤخراً ليركن إلى خيار المعارضة بعد الانتخابات التشريعية التي أجريت في يونيو 2021 التي حصد فيها 68 مقعداً فحسب.

38. محمد سليماني، مشاركة الحركة الإسلامية في السلطة: نموذج حمس الجزائرية، مذكرة لنيل شهادة الماجستير في العلوم السياسية، كلية الحقوق، جامعة وهران، الجزائر، 2012- 2013، ص ص 2 – 4.

39. الجمعي قبوج، وخليفة بوزبرة، "الإسلام السياسي في الجزائر.."، مرجع سابق، ص 255.

وفيما يتعلق بالرهان الثاني فإن حركات الإسلام السياسي الجزائرية جميعها لم تتمكن بعدُ من التصالح مع الدولة والمجتمع، بل إن تحقيق هذا الرهان لايزال حلماً بعيد المنال، ففيما يتعلق بالدولة، فإن الجيش لايزال ينظر إلى هذه الحركات بالكثير من الريبة، ويرى فيها خطراً على أمن المجتمع، خاصة أن الخبرة التاريخية تدل على أن هذه الحركات لم تستنكف عن استغلال فترات الضعف التي مرت بها البلاد في محاولة الوصول إلى السلطة والهيمنة من خلالها على المجتمع، وهو الأمر الذي كادت أن تنجح فيه خلال تجربة نهاية ثمانينيات وبداية التسعينيات من القرن الماضي، كما أن السلطة الحاكمة، وعلى الرغم من سماحها بمشاركة بعض تلك الحركات في الانتخابات وقبولها حتى بأن تمثل داخل الحكومة، فإنها على ما يبدو ليست مستعدة أبداً للسماح لها بأكثر من ذلك، وبالتأكيد فإن أياً من أطراف النخبة الحاكمة بما في ذلك من سبق أن تشاركوا مع طيفٍ من هذه الحركات المناصب الحكومية لن يقبلوا بوصول تلك الحركات إلى الحكم وهيمنتها عليه، وفيما يتعلق بالمجتمع الجزائري، فإن نظرته إلى تلك الحركات لاتزال تغلب عليها الانطباعات التي خلفتها سنوات الحرب الأهلية، حيث يُحمِّل قطاع واسع من الجزائريين هذه الحركات المسؤولية عن الفظائع التي حصلت خلال تلك الحرب، وهذا المعطى المتعلق برفض أطياف واسعة من الجزائريين للمشاركة السياسية لهذه الحركات يعترف به حتى بعض قادتها ورموزها، من أمثال عبدالرزاق مقري، رئيس حركة مجتمع السلم[40]، الذي يرى أن حركته لم تتمكن من تحقيق أيٍّ من أهدافها السياسية الكبرى بسبب معوقين أساسيين، **المعوق الأول** هو خوف أعداد كبيرة من الجزائريين من "تيار الإسلام السياسي" بسبب المأساة الوطنية التي انجرت عن الصدام الذي وقع بينه وبين نظام الحكم، **والمعوق الثاني**، من وجهة نظره، هو التزوير الذي لازم العملية السياسية منذ استئنافها في عام 1995[41].

---

40. يُعدُّ عبدالرزاق مقري واحداً من أهم قادة حركة مجتمع السلم، وقد سبق له أن تولى رئاستها بعد انتخابه خلال المؤتمر الخامس للحركة الذي عقد عام 2013.

41. الجمعي قبوج، وخليفة بوزبرة، "الإسلام السياسي في الجزائرـ"، مرجع سابق، ص 222.

خاتمة

تبدو الخيارات أمام حركات الإسلام السياسي في الجزائر، في ميدان المشاركة السياسية محدودة، ومحفوفة بالمخاطر، فمن جهة أولى فإن خيار مغالبة السلطة وانتزاع الحكم بالقوة علاوة عن كونه أصبح من الماضي في ظل انعدام مختلف الشروط التي قادت إلى تبنيه، وأهمها انسداد أفق المشاركة القانونية أمام تلك الحركات وقمعها من قِبل نظام الحكم وادعاؤها المظلومية، فإنه صار خياراً منبوذاً شعبياً، وغير ممكن عمليّاً، خاصة في ظل القوة الكبيرة التي تتمتع بها الدولة الجزائرية في الوقت الحالي، وهذا ما جعل معتنقي هذا الخيار وسط جماعات الإسلام السياسي في الجزائر لا يتجاوزون على الأكثر بضع مئات، معظمهم انزاح إلى مالي وإلى مناطق أخرى من منطقة الساحل، حيث يبتعدون عن ضغط القبضة القوية للجيش الجزائري.

وأمّا باقي أطياف هذا التيار التي قبلت بشروط اللعبة الديمقراطية فيبدو أنْه لا يوجد أمامها هي الأخرى مجالاً كبيراً للمناورة، إذ لم تتمكن من تحقيق أي اختراق كبير لمؤسسات الحكم، فعلى الرغم من أنها لم تتوقف أبداً عن المشاركة في مختلف الاستحقاقات الانتخابية التي عرفتها الجزائر منذ عام 1995، فإن النتائج التي حققتها في مجملها ظلت هزيلة، ولم تَرْقَ إلى مستوى التطلعات، كما أن مشاركتها في الحكومات المتعاقبة قد حولتها إلى حزب عادي مثله مثل سائر الأحزاب، كما أضعفت بشكل كبير قدرتها على الحشد، نظراً إلى كونها أفقدتها إحدى أهم نقاط قوتها، وهي الجانب الدعوي الذي كثيراً ما استثمرته حركات الإسلام السياسي في جلب التعاطف وحشد المناضلين .

ومع ذلك فإنه لا يمكن القول إن صفحة حركات الإسلام السياسي في الجزائر قد طويت، إذ ترشدنا الخبرة التاريخية مع هذا النوع من الحركات إلى أنها قادرة دائماً على النهوض من تحت ركام الأنقاض، والعودة إلى المشهد السياسي من جديد، وفي شكل أكثر عنفواناً، فهل ستقبل النخبة السياسية الجزائرية ومؤسسات الحكم مثل هذه العودة؟ الأمر رهين، على الأرجح، بالشكل الذي ستختاره هذه الحركات لتلك العودة، ومدى قدرتها على القراءة الصحيحة لحقائق المجتمع الجزائري اليوم، والتي هي مختلفة تماماً عن حقائق مجتمع نهاية ثمانينيات ومطلع تسعينيات القرن الماضي.

قائمة المراجع

1) الجمعي قبوج، وخليفة بوزبرة، "الإسلام السياسي في الجزائر: من الفكر إلى الممارسة في ظل التغيرات الداخلية والخارجية: حركة مجتمع السلم أنموذجاً"، المجلة الجزائرية للأمن والتنمية، العدد 2، يوليو 2020.

2) الكر محمد، "الإسلام السياسي في ظل الأيديولوجية التكفيرية للجماعات المسلحة وآليات المعالجة بين أطروحات المواجهة وطرائق المصالحة (1990-2016 الجزائر نموذجاً)"، في: مجموعة مؤلفين، إشكالية الدولة والإسلام السياسي قبل وبعد ثورات الربيع العربي.. دول المغرب العربي أنموذجاً، (برلين: المركز الديمقراطي العربي، 2018)

3) "تبون: (الإسلام السياسي) لن يوجد مرة أخرى في الجزائر"، صحيفة الخليج الإمارتية، 5 يونيو 2021، على الرابط الآتي: https://2u.pw/lq7FP . تاريخ الزيارة 2022/07/20.

4) جيدور حاج بشير، "مأزق الإسلام السياسي في الجزائر: دراسة تحليلية عن تراجع الأداء السياسي للأحزاب ذات التوجه الإسلامي"، دفاتر السياسة والقانون، العدد 19، يونيو 2018.

5) حلوز خالد، "الإسلام السياسي والربيع العربي: دراسة حالة تكتل الجزائر الخضراء في الانتخابات التشريعية مايو 2012"، في: مجموعة مؤلفين، تجارب حركات الإسلام السياسي بعد ثورات الربيع العربي: دراسة في التحديات الراهنة وآفاق المستقبل، (برلين: المركز الديمقراطي العربي، 2019)

6) دالية غانم، "المداميك المتقلبة للإسلام السياسي في الجزائر"، مركز كارنيغي للشرق الأوسط، بيروت، إبريل 2019، ص 5. https://carnegie-mec.org/2019/07/22/ar-pub-79541

7) زيدان سعيد وجبران سفيان، "تطور حركات الإسلام السياسي في الجزائر قبل وبعد الربيع العربي" في: مجموعة مؤلفين، تجارب حركات الإسلام السياسي بعد ثورات الربيع العربي: دراسة في التحديات الراهنة وآفاق المستقبل، (برلين: المركز الديمقراطي العربي، 2019)

8) سميحة مناصرية ووافية عوايجية، "تداعيات الإصلاحات السياسية الراهنة على المشاركة السياسية: دراسة تحليلية للانتخابات التشريعية لسنتي 2012-2017"، مجلة الحقوق والعلوم السياسية، جامعة عباس لغرور، كلية الحقوق والعلوم السياسية، خنشلة، الجزائر، عدد 9، يناير 2018

9) صالح عبدالرزاق فالح الخوالدة، "الإسلام السياسي: المفهوم والأبعاد"، في: مجموعة مؤلفين، إشكالية الدولة والإسلام السياسي قبل وبعد ثورات الربيع العربي، (برلين: المركز الديمقراطي العربي، 2018)

10) عروس الزبير، "الدين والسياسة في الجزائر"، في: مجموعة مؤلفين، الدين في المجتمع العربي، ط2، (بيروت: مركز دراسات الوحدة العربية، إبريل 2000)

11) فرانسوا بورغا، الإسلام السياسي: صوت الجنوب، ترجمة لورين زكري، ط2، (القاهرة: دار العالم الثالث، 2001)

12) محمد سليماني، مشاركة الحركة الإسلامية في السلطة: نموذج حمس الجزائرية، مذكرة لنيل شهادة الماجستير في العلوم السياسية، كلية الحقوق، جامعة وهران، الجزائر، 2012- 2013

نبذة عن المؤلف

أحمد محمد الأمين انداري

أحمد محمد الأمين انداري، من مواليد عام 1980 في نواكشوط في موريتانيا، أكاديمي وباحث في العلوم السياسية والعلاقات الدولية والقانون الدولي، حاصل على شهادة الدكتوراه في القانون العام، تخصص العلاقات الدولية والقانون الدولي، من كلية العلوم القانونية والاقتصادية والاجتماعية في جامعة سيدي محمد بن عبدالله في فاس في المملكة المغربية خلال عام 2015، يعمل حالياً أستاذاً للقانون العام في جامعة العلوم الإسلامية في العيون في موريتانيا، وهو رئيس سابق لقسم القانون العام والسياسة الشرعية في الجامعة ذاتها، وعضو عامل بالمجلس العربي للعلوم الاجتماعية، في بيروت، وعضو في المركز الموريتاني للدراسات والبحوث القانونية والاقتصادية والاجتماعية في نواكشوط، والجمعية الموريتانية للعلوم السياسية، وهو عضو في مراكز دراسات وهيئات بحثية عدة في العالم العربي كذلك.

شارك انداري في عدد كبير من المؤتمرات والندوات الدولية والوطنية، ونُشرت له بحوث ودراسات كثيرة في مجلات علمية محكمة، بالإضافة إلى مشاركته في كتب جماعية محكمة، كما صدر له كتاب، وله ثلاثة كتب أخرى قيد الطبع. تشمل اهتماماته البحثية موضوعات تتعلق بالدولة في موريتانيا والمنطقة المغاربية والدولة في العالم العربي، بالإضافة إلى قضايا التحول الديمقراطي، والعدالة الانتقالية، والعلاقات المدنية العسكرية، والهجرة والحدود، وحركات الإسلام السياسي، والتضامن الاجتماعي، والتمكين السياسي للمرأة والسياسات الخارجية للدول العربية.